EMPEZANDO

LAS GRÚAS

MEG GREVE

CREATIVE EDUCATION • CREATIVE PAPERBACKS

ÍND

ICE

Veo una grúa 4

En el trabajo 6

Lo que puede hacer una grúa 8

Por los aires 10

Haz un sonido 12

Palabras de grúas 14

Índice alfabético 16

VEO UNA GRÚA.

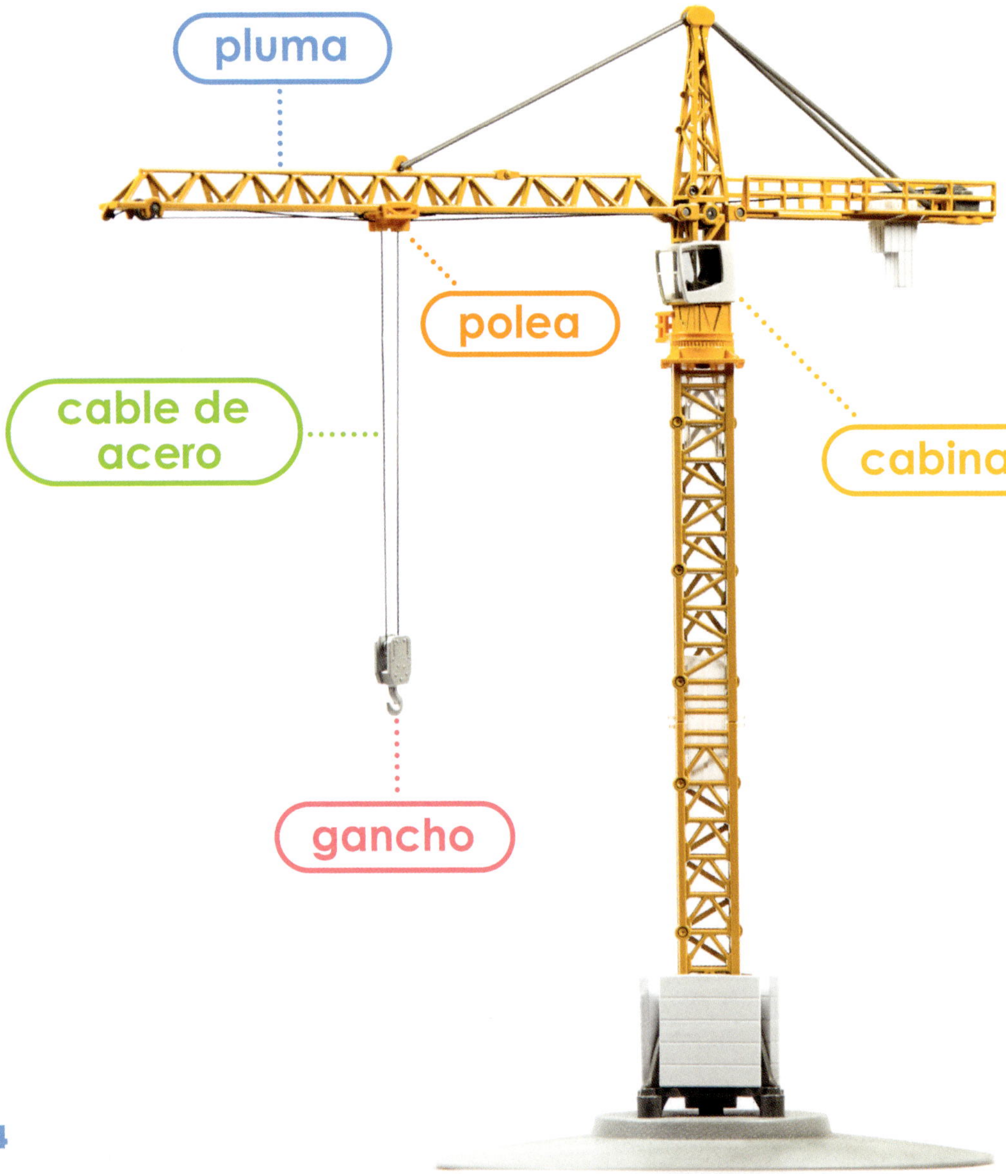

La pluma de una grúa es como un brazo enorme.

La grúa lleva
una carga pesada
en sus ganchos.

El operador de la grúa hace que esta se mueva. Los cables de acero se alzan. Levantan la carga.

Las grúas alzan, mueven y colocan. Las grúas que están cerca del agua cargan y descargan barcos.

Una grúa en un barco ayuda a construir un puente.

Veo un helicóptero grúa.

Algunas grúas pueden volar. Trabajan desde lo alto en el aire.

HAZ UN SONIDO

¿Puedes imitar los sonidos de una grúa?

Escucha estos sonidos:

https://www.youtube.com/watch?v=l6H8XJ7TLN4

¡Ahora te toca a ti!

PALABRAS DE GRÚAS

acero: Un metal muy fuerte.

carga: Algo que debe ser cargado.

helicóptero grúa: Un helicóptero especial que puede levantar cosas pesadas.

puente: Una estructura construida sobre algo, como puede ser un río, para que la gente pueda pasar.

ÍNDICE ALFABÉTICO

alzan 7, 8

barco(s) 8, 9

cable(s) 4, 7

carga(n) 6, 7, 8

gancho(s) 4, 6

helicóptero grúa 10

operador 7

puente 9

trabajan(o) 11

PUBLISHED BY CREATIVE EDUCATION AND CREATIVE PAPERBACKS
P.O. Box 227, Mankato, Minnesota 56002
Creative Education and Creative Paperbacks are imprints of The Creative Company
www.thecreativecompany.us

LIBRARY OF CONGRESS CATALOGING-IN-PUBLICATION DATA
Names: Greve, Meg, author.
Title: Las grúas / by Meg Greve.
Other titles: Cranes. Spanish
Description: Mankato, Minnesota : Creative Education and Creative Paperbacks, [2025] | Series: Empezando | Includes index. | Audience: Ages 4-7 | Audience: Grades K-1 | Summary: "Construction cranes will introduce budding book learners to a noisy, colorful world with this new Starting Out title, in American Spanish. Colorful photos, labeled diagrams, 'Make a Noise' section, glossary, and more ignite a passion for learning"-- Provided by publisher.
Identifiers: LCCN 2024002899 (print) | LCCN 2024002900 (ebook) | ISBN 9798889894445 (library binding) | ISBN 9781682776988 (paperback) | ISBN 9798889894568 (ebook)
Subjects: LCSH: Cranes, derricks, etc.--Juvenile literature. | Hoisting machinery--Juvenile literature. | CYAC: Cranes, derricks, etc. | Hoisting machinery. | LCGFT: Instructional and educational works.
Classification: LCC TJ1363 .G78618 2025 (print) | LCC TJ1363 (ebook) |
DDC 621.8/73--dc23/eng/20240207
LC record available at https://lccn.loc.gov/2024002899
LC ebook record available at https://lccn.loc.gov/2024002900

DESIGN AND PRODUCTION
Design by Rhea Magaro and Jennifer Bowers
Production by Beeline Media and Design
Art direction by Tom Morgan
Translation to Spanish by Base Tres
Printed in the United States of America

PHOTOGRAPHS by Alamy (Jon Davison, David Gowans), Shutterstock (Potapov Alexander, freestore 839, karelnoppe, Nikolai Tsvetkov, Engineer studio, AlyoshinE, Oleksii Sidorov, Sven Hansche, Yuriy Shurchkov, Bohbeh, Suwin66, WDG Photo)